VENTE DES 23 & 24 DÉCEMBRE 1867

OBJETS D'ART

ET

DE CURIOSITÉ

Emaux de Limoges; — Faïences;
Matières précieuses;
Orfèvrerie; — Sculptures;
Horlogerie;
Manuscrits; — Objets variés;

APPARTENANT A M. MANNHEIM Père

TROISIÈME VENTE

EXPOSITION PUBLIQUE

Le Dimanche 22 Décembre 1867.

<table>
<tr><td>Me **DELBERGUE-CORMONT**
COMMISSAIRE-PRISEUR</td><td>M. **CHARLES MANNHEIM**
EXPERT.</td></tr>
</table>

RENOU ET MAULDE

IMPRIMEURS DE LA COMPAGNIE DES COMMISSAIRES-PRISEURS

Rue de Rivoli, 144

CATALOGUE
D'OBJETS D'ART

ET

DE CURIOSITÉ

Émaux de Limoges; Émaux & Objets dits Byzantins; Faïences de Bernard Palissy et autres; Matières précieuses, telles que : Coupes & Coffrets en cristal de roche, en agate orientale, en jaspe, etc. ; belles Pièces d'orfèvrerie, parmi lesquelles on remarquera une Couronne enrichie d'ornements en or émaillé; Horloges & Montres des XVIe & XVIIe siècles; Sculptures en bois, en ivoire & en pierre de Kehlheim; Manuscrits des XIVe & XVe siècles; Objets variés en fer et en cuivre repoussé; Armes; Verrerie & Vitraux;

APPARTENANT A M. MANNHEIM Père

Et dont la Vente aura lieu

HOTEL DROUOT, SALLE N° 3

Les Lundi 23 & Mardi 24 Décembre 1867

A UNE HEURE ET DEMIE

Me **DELBERGUE-CORMONT**, Commissaire-Priseur,
rue de Provence, 8,
Assisté de M. **CHARLES MANNHEIM**, Expert, rue Saint-Georges, 7
Chez lesquels se distribue le présent Catalogue.

EXPOSITION PUBLIQUE

Le DIMANCHE 22 Décembre 1867, de une heure à cinq heures.

PARIS — 1867

ORDRE DES VACATIONS

LE LUNDI 23 DÉCEMBRE 1867

Horlogerie............................. 101 à 111
Sculptures.............................. 112   162
Manuscrits 163   170
Armes & Objets variés.................. 171   185
Verrerie & Vitraux..................... 186   201

LE MARDI 24 DÉCEMBRE 1867

Émaux de Limoges....................... 1 à 11
Emaux & Objets dits Byzantins........ 12   15
Faïences............................... 16   30
Matières précieuses.................... 31   59
Orfévrerie............................. 60   100

CONDITIONS DE LA VENTE

Elle sera faite au comptant.

Les Acquéreurs paieront CINQ POUR CENT en sus du prix d'adjudication.

L'Exposition mettant les Acquéreurs à même de se rendre compte de l'état des Objets, il ne sera reçu aucune réclamation une fois l'adjudication prononcée.

DÉSIGNATION
DES OBJETS

Émaux de Limoges.

1 — Plaque ronde. — Peinture en émaux de couleurs et sur paillons, signée LÉONARD LIMOSIN, M. F. 1553.

Éléonore d'Autriche, reine de France, seconde femme de François Ier, vêtue d'un riche costume et agenouillée devant son prie-Dieu. Cadre en bois noir.

Diamètre 22 c.

2 — Plaque carrée. — Peinture en grisaille rehaussée d'or, XVIe siècle.

Le Christ au poteau.

Hauteur 17 c. Largeur 13 c.

3 — Assiette. — Peinture en grisaille chairs teintées, attribuée à Penicaud III.

A l'intérieur sujet biblique à deux personnages, et au revers buste d'homme dans un médaillon enrichi de figures de génies.

Diam. 19 c.

4 — Six Plaques provenant de la garniture d'un Coffret·
— Peintures en émaux de couleurs attribuées à
Léonard Limousin, et représentant des sujets tirés de
la Fable.

Le Coffret est en bois sculpté, doré en partie.

Haut. 25 c. Larg. 35 c.

5 — Deux très-jolies Plaques ovales émaillées sur leurs
deux faces et provenant d'une montre. — Peinture en
émaux de couleurs et sur paillons portant le monogramme J. R. Sigle de Jean ou de Joseph Raymond.

Elles représentent diverses scènes mythologiques.

Haut. 55 mill. Larg. 39 mill.

6 — Coffret oblong à couvercle en toit monté en cuir
gravé et doré. Il est orné de treize Plaques d'émail
peintes en couleurs sur fond bleu et représentant des
sujets allégoriques ainsi que des enroulements et des
cariatides. XVIe siècle.

Haut. 12 c. Larg. 17 c.

7 — Coupe ronde sur piédouche bas. — Peinture en
grisaille sur fond noir, carnations teintées. — A l'intérieur, sujet tiré de la Genèse; à l'extérieur, festons de
fruits, cariatides et masques scéniques. XVIe siècle.

Haut. 9 c. Diam. 22 c.

8 — Coffret oblong en bois peint et doré, garni de six
Plaques en émail de Limoges, peintes en grisaille sur
fond noir, et représentant diverses scènes tirées de
la mythologie.

Haut. 12 c. Long. 21 c. Larg. 13 c.

9 — Plaque ovale légèrement convexe peinte en grisaille sur fond bleu, et attribuée à Léonard Limousin. Cette Plaque est placée dans un cadre hexagone
enrichi de six Plaques peintes en grisaille, représentant des sibylles debout.

Haut. totale 68 c. Larg. 48 c.

10 — Plaque carrée peinte en couleurs sur fond noir, et
rehaussée d'or; sanctification d'une sainte femme.
xvie siècle. Cadre doré.

Haut. 12 c. Larg. 16 c.

11 — Petite plaque carrée à angles coupés; peinture en
émaux de couleurs par Jean Laudin; sujet biblique.

Larg. 83 mill.

Émaux et Objets *dits* Byzantins.

12 — Châsse en cuivre doré et émaillé d'épargne, de
forme oblongue, avec couvercle en dos d'âne, et
crête découpée à jour.

Elle offre sur sa face principale le sujet du Martyre
de Thomas Becket, ainsi que des figures d'anges
réservées en or sur fond d'émail bleu semé de rosaces.
Ses faces latérales présentent des figures de saints
personnages debout, et sa face postérieure est cou-
verte d'un quadrillage réservé en or sur fond d'émail
bleu et noir. Ouvrage de Limoges au xiiie siècle.

Haut. 18 c. Larg. 16 c.

13 — Autre châsse de même forme.

Elle offre sur sa face principale le Christ en croix et les saintes femmes, et au-dessus le Père Éternel bénissant ; les figures sont réservées sur fond d'émail et les faces sont saillantes. Les côtés présentent dans des médaillons ronds des figures d'anges, et des rosaces émaillées en couleurs sur fond bleu décorent la face postérieure de la pièce. Mêmes travail et époque.

Haut. 16 c. Larg. 16 c.

14 — Ostensoir de forme sphérique en cuivre émaillé. Travail moderne de style byzantin.

Haut. 31 c.

15 — Chef ou Reliquaire en cuivre repoussé et doré, enrichi de plaques de cuivre émaillé d'épargne et de parties filigranées en cuivre doré avec cabochons et pierreries. Les appliques seules datent du xiiie siècle.

Haut. 34 c.

Faïences.

16 — Belle Coupe ovale, avec piédouche, en faïence de Bernard Palissy, décorée de figures de femmes, de rinceaux et de mascarons en relief émaillés en couleurs.

Haut. 14 c. Larg. 21 c.

17 — Plat ovale en hauteur, en faïence de Bernard Palissy, présentant en relief une figure de femme debout, émaillée en couleurs ; bordure à fleurons.

Haut. 35 c. Larg. 26 c.

18 — Petit Plat ovale à quatre salières et cavité centrale,
enrichi de fleurons découpés à jour. Faïence de Bernard Palissy émaillée en couleurs.

Larg. 20 c. Long. 27 c.

19 — Plat de même modèle que celui qui précède,
émaillé différemment.

Long. 27 c. Larg. 20 c.

20 — Plat ovale en hauteur en faïence de Bernard Palissy,
offrant en relief le *s* figures de Bacchus, Cérès, Vénus
et de l'Amour. Le bord est décoré de fleurons.

Haut. 30 c. Larg. 24 c.

21 — Plat ovale en hauteur, de même faïence, représentant le Baptême de Saint-Jean. Bord à godrons.

Haut. 32 c. Larg. 26 c.

22 — Plat ovale en hauteur, de même faïence, et représentant le même sujet, mais plus petit.

Haut. 24 c. Larg. 20 c.

23 — Plat rond à bords festonnés en faïence de Bernard
Palissy, orné de six mascarons en relief entourant
une rosace, le tout émaillé en couleurs.

Diam. 24 c.

24 — Plat rond en faience de Bernard Palissy, composé
de six cavités jaspées sur fond d'émail brun.

Diam. 23 c.

25 — Plat ovale de la suite de Bernard Palissy, offrant
en relief le buste de Louis XIII enfant dans un médaillon ovale flanqué de deux figures de génies ailés
soutenant la couronne royale. Bord à godrons et
fleurons.

Haut. 27 c. Larg. 23 c.

26 — Petit plat ovale à fleurons découpés à jour et émaillé brun uni ; son décor, exécuté à froid, consiste en un portrait de femme et des fleurs. Faïence espagnole.

Haut. 25 c. Larg. 18 c.

27 — Coupe ronde et creuse à bord droit et montée sur piédouche, en faïence italienne, à décor à reflets métalliques bleu nacré ; elle présente à l'intérieur un écusson armorié. XVIᵉ siècle.

Haut. 16 c. Diam. 25 c.

28 — Porte-huilier en faïence, à ornements et mascarons en relief émaillés jaune et découpés à jour. Epoque Louis XV.

29 — Vase en forme de hibou à tête mobile, en faïence allemande, décorée en camaïeu bleu.

Haut. 20 c.

30 — Deux Cachepots en faïence de Strasbourg ; décor polychrôme à fleurs.

⸎

Matières Précieuses.

31 — Cristal de roche. — Verre à boire dont la coupe quadrilobée et bien évidée est garnie de deux petites anses en S. Le pied, à balustre, est gravé en creux à figures d'oiseaux et de dragons. Monture en argent doré. Ouvrage milanais de la fin du XVIᵉ siècle.

Haut. 17 c. Diam. 11 c.

32 — Cristal de roche. — Petite Coupe modèle coquille se terminant par un mascaron grimaçant. Cette pièce, qui date du XVIe siècle, est malheureusement fracturée.

Haut. sans le pied en cuivre 6 c.

33 — Cristal de roche. — Petit Gobelet taillé à pans et canaux creux et parfaitement évidé d'épaisseur. Il est accompagné d'un petit Plateau rond gravé à étoile.
Haut. du Gobelet 6 c. Diam. du Plateau 95 mill.

34 — Cristal de roche. — Gobelet analogue à celui qui précède, mais un peu plus grand et sans plateau.
Haut. 63 mill. Diam. 68 mill.

35 — Cristal de roche. — Belle Coupe modèle coquille à fleurs gravées en creux et montée sur piédouche à balustre. Le pied est garni en argent doré, à fleurs gravées réservées sur fond d'émail noir. XVIe siècle.
Haut. 14 c. Long. 15 c. Larg. 18 c.

36 — Agate orientale. — Petite Coupe de forme ovale montée sur quatre petits pieds et garnie d'une galerie en bronze doré du temps de Louis XVI.
Haut. 10 c. Larg. 11 c.

37 — Jaspe sanguin. — Petite Coupe ronde et creuse sur pied à balustre garni en argent doré.
Haut. 8 c. Diam. 6 c.

38 — Agate orientale. — Jolie Coupe de forme ovale allongée.
Haut. 35 mill. Larg. 11 c.

39 — Agate orientale mamelonnée. — Coupe de forme ovale.
Haut. 30 mill. Larg. 88 mill.

40 — Jaspe vert de Sicile. — Grande Coupe de forme
ovale et basse.

Larg. 145 mill.

41 — Cornaline. — Coupe de forme ovale.

Larg. 105 mill.

42 — Agate orientale. — Coffret oblong garni de six
plaques d'agate orientale sardonisée de très-belle
nuance. Monture à gorge à charnière et encadre-
ments en argent repoussé à fleurs et oiseaux. Travail
indien ancien.

Haut. 13 c. Long. 11 c. Larg. 8 c.

43 — Cristal de roche. — Plateau rond monté sur piédouche bas, en filigrane d'argent, et garni de cinq
plaques de cristal de roche uni. Époque Louis XIII.

Diam. 19 c.

44 — Cristal de roche. — Grande Coupe de forme lon-
gue et à six lobes, portant des arabesques gravées en
creux et montée sur pied à balustre.

Cette coupe est fracturée et elle est garnie en vermeil. Ouvrage milanais du xvie siècle.

Long. 27 c. Larg. 17 c. Haut. 14 c.

45 — Agate orientale blonde, mamelonnée et sardonisée.
— Coupe ronde et Plateau.

La Coupe a un piédouche très-bas pris dans la
masse.

Diam. de la coupe 72 mill. Haut. 45 mill.

Diam. du plateau 11 c.

46 — Agate orientale blanchâtre. — Coupe ronde et
Plateau taillé à pans.

Diam. de la coupe 75 mill. Haut. 36 mill.

Diam. du plateau 82 mill.

47 — Jaspe-agate jaunâtre. — Coupe ovale.

Larg. 14 c.

48 — Jaspe rouge de Sicile. — Coupe ronde, profonde
et taillée à pans.

Haut. 5 c. Diam. 65 mill.

49 — Cristal de roche. — Quatre belles Colonnes torses
montées en guise de flambeaux en bronze doré.

Haut. des colonnes 16 c.

50 — Cristal de roche. — Coffret oblong garni de cinq
jolies plaques taillées à biseaux, le fond en cuivre
repoussé et doré est enrichi de plaques de jaspe, de
lapis et de cornaline ; la monture est en cuivre doré à
moulures. xviie siècle.

Haut. 10 c. Larg. 15 c.

51 — Cristal de roche. — Deux Flambeaux composés
chacun de trois bobêches superposées montées en
bronze doré.

52 — Cristal de roche. — Deux Bras-Appliques à une
lumière, composés de branches à rinceaux et pièces
d'enfilage en cristal de roche enrichis de parties en
cornaline et améthyste, et montés en argent.

53 — Cristal de roche. — Très-fort lot de cristaux de
roche pour lustres, tels que : Plaquettes, Pendeloques,
Pièces d'enfilage, Poires, Olives, etc.

Ce lot sera divisé.

54 — Cristal de roche. — Croix montée sur piédouche
élevé, composé de pièces d'enfilage ; crucifix et garniture en argent doré. Époque Louis XIII.

Haut. 46 cent.

55 — Deux jolies Mosaïques de Rome exécutées en jaspe
de diverses nuances et représentant divers volatiles.
Cadres du temps de Louis XVI en bois finement
sculpté et doré.

Haut. 37 c. Larg. 35 c.

56 — Petit Cadre en bois doré enrichi d'une frise de mosaïque exécutée en jaspe de Sicile, agate et lapis. Travail florentin.

Haut. 27 c. Larg. 23 c.

57 — Jaspe jaunâtre de Sicile. — Deux petits Vases à
panse évasée et montés sur piédouche.

Haut. 14 c.

58 — Mosaïque de Rome de forme carré-long représentant un paysage avec ruines.

Haut. 15 c. Larg. 20 c.

59 — Cabaret en agate d'Allemagne (cornaline), composé
de douze Tasses avec soucoupes, douze Assiettes,
un Sucrier avec couvercle et plateau, et deux grandes
Pièces. Travail d'Oberstein.

Ce lot pourra être divisé.

Orfévrerie.

60 — Belle Couronne de Madone, en vermeil, de forme
très-élégante, enrichie d'appliques en or émaillé et de
chatons ornés de pierreries partie fines; elle offre
dans son pourtour des cartouches ornés de têtes
de chérubins finement ciselés et se termine à sa partie
supérieure par des cariatides qui servent de support à

une croix garnie de perles fines. Cette pièce intéressante, exécutée dans le beau style de la renaissance, porte à l'intérieur quantité d'inscriptions et la date de 1657.

Haut..24 c.

61 — Gobelet en argent doré, repoussé à bossages et monté sur piédouche. Ouvrage allemand, époque Louis XIII.

Haut. 16 c.

62 — Coupe ronde, montée sur piédouche, en argent repoussé et doré en partie. Elle offre à l'intérieur le sujet de l'Enlèvement d'Europe. Ouvrage allemand, xviie siècle.

Haut. 14 c. Diam. 25 c.

63 — Plaque carrée en cuivre repoussé et doré : Vision d'un saint personnage, xviie siècle.

Haut. 25 c. Larg. 16 c.

64 — Applique en argent repoussé et doré : la Vierge portant une couronne fleurdelisée et tenant son divin Fils sur son bras gauche. Fond de velours noir, cadre à moulure en cuivre doré, xviie siècle.

Haut. du cadre 18 c. Larg. 13 c.

65 — Calice en argent repoussé et doré, sur pied lobé, portant la date de 1559. Ouvrage allemand.

Haut. 19 c.

66 — Coffret oblong en filigrane d'argent de Gênes.

Long. 22 c. Larg. 16 c. H. 11 c.

67 — Vidrecome à couvercle en argent repoussé, à bossages, doré en partie et supporté par une figurine debout. Ouvrage allemand du xviie siècle.

Haut. 37 c.

68 — Coffret en cuivre repoussé et doré. — Sur sa face principale sont figurés les Amours de Jupiter et de Léda. Le revers est orné d'un mascaron se détachant sur un cartel, et les côtés présentent des mufles de lion tenant des anneaux. Ce coffret, dont le travail appartient au XVIe siècle, est garni à ses angles de quatre colonnettes à jour et repose sur quatre sphinx couchés. Collection Pourtalès.

Larg. 18 c.

69 — Deux Appliques en argent repoussé, offrant au centre une figure de saint personnage debout, avec entourage d'ornements rocaille et de fleurs. Ouvrage allemand du temps de Louis XV.

Haut. 40 c.

70 — Bordure de forme carrée en argent gravé et doré, et surmontée d'un fronton en argent repoussé représentant un groupe d'anges, des têtes de chérubins, etc. Époque Louis XIV.

Haut. 37 c.

71 — Bénitier en argent repoussé, à fleurs et ornements. Époque Louis XIII.

Haut. 18 c.

72 — Ceinturon de femme en argent, garni d'une chaîne gourmette. Ouvrage allemand du XVIIe siècle.

73 — Autre Ceinturon en argent, avec chaîne gourmette et fermoir en filigrane. Même travail et même époque.

74 — Deux Salières Louis XVI, en argent, de forme ovale, ornées de festons de fleurs et garnies d'intérieurs en verre bleu.

75 — Lot de piédouches et autres fragments en argent repoussé et doré, de diverses époques.

76 — Deux paires de Flambeaux du temps de Louis XV, en argent. Ils seront vendus par paire.

77 — Calice en argent gravé, à festons de lauriers et doré à l'intérieur. Poids, 923 grammes.

Haut. 25 c.

78 — Vidrecome en argent repoussé et doré, décoré de rinceaux et de médaillons de paysages. L'anse est enrichie d'une cariatide de femme. Ouvrage allemand du temps de Louis XIII.

Haut. 16 c.

79 — Calice en argent dont le pied est orné d'appliques en cuivre repoussé et argenté; le nœud, ainsi que les entre-deux du pied, sont garnis de filigrane d'argent. Ouvrage moderne dans le style du xv⁰ siècle.

Haut. 21 c.

80 — Cuvette de forme contournée, en argent, époque Louis XIV.

81 — Vase à couvercle avec plateau en argent, doré en partie et décoré de figures et d'ornements réservés sur fond niellé noir. Le plateau présente le buste de Maso Finiguerra. Travail moderne. Collection Lablache.

Haut. 23 c. Diam. 23 c.

82 — Plaque en argent gravé, dorée en partie : la Vierge miraculeuse de Pologne du règne de Wladislas et portant les armoiries des seigneurs de Msokowski, Lubienski, Potoski, etc., etc.

Haut. 20 c. Larg. 14 c.

83 — Plaque ovale en argent repoussé représentant la Crèche, xvıı⁰ siècle. Cadre à moulures en cuivre doré.

Haut. 20 c. Larg. 17 c.

84 — Plaque ronde en argent repoussé, représentant un sujet de combat tiré de l'Histoire romaine. xviie siècle.

Diam. 11 c.

85 — Reliquaire en argent ouvrant à deux volets et surmonté d'une croix. xviie siècle.

Haut. 25 c.

86 — Deux Supports de forme cylindrique en argent doré dont le pourtour est garni de cabochons en pierre des Amazones.

Diam. 9 c.

87 — Porte-Moutardier en argent repoussé, à ornements. Époque Louis XV.

88 — Cadre ovale à torsade en argent doré. Époque Louis XIII.

Haut. 16 c. Larg. 13 c.

89 — Christ en argent de l'époque Louis XV.

Haut. 18 c.

90 — Deux Salières du temps de Louis XV en argent; modèle à consoles découpées à jour.

91 — Plaque ovale en argent repoussé : Actéon changé en cerf. xviiie siècle.

Haut. 22 cent. Larg. 15 c.

92 — Miroir de forme cintrée, dans un cadre en argent repoussé et surmonté d'une plaque gravée découpée à jour. Travail turc.

Hauteur totale, 36 c.

93 — Sucrier en forme de coupe, monté à trépieds à tête et pied de lion; le tout en argent ciselé, doré à l'intérieur.

Haut. 22 c.

94 — Plaque ovale en argent repoussé : saint Père porté
en triomphe. Travail suisse du xvıı^e siecle.

Larg. 11 c.

95 — Porte-huilier du temps de Louis XVI, en argent
ciselé, à trophées, festons de vigne et ornements. Travail français.

96 — Deux Bouts-de-Table en argent, ornés de festons de
vigne découpés à jour. Style Louis XVI.

97 — Quatre Salières ovales en argent ciselé et découpé
à jour, à festons de vigne et rinceaux. Époque
Louis XVI.

98 — Deux Salières ovales à galeries découpées à jour et
pieds à têtes de béliers reliées par des guirlandes
de fleurs et de fruits. Style Louis XVI.

99 — Corbeille à pain, de forme ronde et à anse mobile,
en argent finement ciselé, à treillages et branches de
vigne.

100 — Sucrier en porcelaine émaillée vert d'eau, monté à
anses en argent. Époque Louis XIV.

Horlogerie.

101 — Horloge allemande en cuivre doré, de forme carrée
à quatre faces, garnies de cadrans et surmontée de
clochetons. Elle repose sur quatre sphinx couchés, en
bronze doré, ainsi que sur un socle en bois noir à
moulures. xvı^e siècle.

Haut. 53 c.

102 — Petite Horloge du xvie siècle, renfermée dans une
boule en cristal de roche, qui repose sur un pied en
cuivre doré et ciselé, enrichi de beaux ornements et
de groupes de fleurs et de fruits en relief. La figure
du Temps, placée à la partie supérieure de la sphère,
marque les heures. Collection Le Carpentier.

Haut. 30 c.

103 — Petite Horloge en cuivre doré, du temps de
Louis XIII, à cadran vertical à double face, dont l'intérieur est découpé à jour. Le pied ovale qui renferme
le mouvement est enrichi de cariatides et d'appliques
en cuivre doré. Le mouvement porte ce nom : Jo.
Niess. Collection Le Carpentier.

Cette pièce a conservé son étui de l'époque.

Haut. 20 c.

104 — Horloge automatique, formée d'une figure de
femme couchée, en cuivre doré avec sphère tour-
nante. La tête et le bras droit — qui marque les
heures — remuent quand la pièce sonne. Ouvrage
allemand de la fin du xvie siècle.

Haut. 17 c. Larg. 14 c.

105 — Grande Montre ovale à réveil, dont le pourtour en
cuivre doré se compose d'une frise d'animaux gravés
et découpés à jour. Le dessus et le fond sont formés
de plaques d'argent finement gravé à figures et ornements. xvie siècle.

106 — Autre grande Montre du xvie siècle, à réveil, en
cuivre gravé et doré et pourtour découpé à jour. Mouvement de *Salomon Gisnon, à Bloys*.

107 — Montre analogue à celle qui précède et de même
époque. Mouvement d'*Estienne Papon, à Gien*.

108 — Autre grande Montre, mais moins fine de travail.

109 — Montre de forme octogone allongée, à cuvette en cristal de roche. Le mouvement porte le nom : *Balthasar de Pap, à Liége*. xvie siècle.

110 — Petite montre ovale du xvie siècle, en cuivre, avec pourtour en argent gravé à rinceaux. Mouvement de D. Du Péron, à Lyon.

111 — Montre contenue dans une Tête de mort en argent. Travail moderne, dans le style du xvie siècle.

Sculptures.

112 — Ivoire. — Belle sculpture en haut-relief, représentant la Vierge au Silence, d'après le célèbre tableau d'Annibal Carrache. Ouvrage italien du xviie siècle.

Haut. 13 c. Larg. 26 c.

113 — Ivoire. — Volet de diptyque, représentant l'Adoration des rois Mages ; cette scène sculptée en bas-relief est placée sous des arceaux de style ogival. xive siècle.

Haut. 14 c. Larg. 10 c.

114 — Ivoire. — Diptyque. — L'un des volets représente la Crèche, et l'autre l'Adoration des Mages ; ces sujets sont placés sous des arceaux à plein cintre. xve siècle.

Haut. 11 c. Larg. 16 c.

115 — Ivoire. — Baiser de paix, de forme cintrée, offrant en bas-relief le Christ en Croix entre les saintes Femmes. On lit au bas en caractères gothiques : *Jhésus Maria*. xive siècle.

Haut. 105 mill. Larg. 85 mill.

116 — Ivoire. — Très-petit diptyque sculpté en bas-relief;
l'un des volets présente la Vierge debout, portant son
divin Fils, et l'autre, le Christ en Croix et les saintes
Femmes. xive siècle.

Haut. 7 c. Larg. totale 10 c.

117 — Ivoire. — Plaque carrée sculptée en bas-relief, représentant la Résurrection du Christ. Sculpture dans
le style du xiie siècle.

Haut. 125 mill. Larg. 75 mill.

118 — Ivoire. — Bas-relief représentant l'Adoration des
Mages. xviie siècle. Cadre en bois noir.

Haut. 14 c. Larg. 7 c.

119 — Ivoire. — Suite intéressante de douze bas-reliefs de
forme cintrée, représentant les diverses scènes de la
Passion. L'un d'eux porte le monogramme A.A. Travail
très-fin du xviie siècle. Ce lot pourra être divisé.

Haut. 7 c. Larg. 5 c.

120 — Ivoire. — Jolie sculpture en bas-relief, représentant le Sacrifice d'Abraham. xviie siècle.

Haut. 19 c. Larg. 12 c.

121 — Os. — Grande plaque légèrement cintrée, sculptée
en bas-relief et représentant la Vierge et les
quatre Évangélistes assis sous des arceaux à plein
cintre. Sculpture moderne dans le style du xiiie siècle.

Haut. 12 c. Larg. 35 c.

122 — Ivoire. — Petit coffret oblong offrant sur chacune
de ses faces une sculpture en haut-relief, représentant des sujets tirés de la Fable. Les angles sont garnis
de figurines de satyres debout. La serrure en argent
porte la date de 1705. Collection Evans Lhombe.

Haut. 8 c. Larg. 10 c.

123 — Ivoire. — Cippe, dont le pourtour sculpté en bas
relief est décoré de figures d'enfants debout. Monture
en argent doré.

Haut. 17 c.

124 — Ivoire. — Figurine de femme nue debout à demi
drapée, s'appuyant sur un tronc d'arbre. xviie siècle.

Haut. 16 c.

125 — Ivoire. — Figurine de Bacchus debout.

Haut. 13 c.

126 — Os. — Huit petits bas-reliefs carrés provenant d'un
coffret vénitien du xive siècle.

127 — Bois et Ivoire. — Groupe de trois figures de men-
diants en bois sculpté; les chairs sont exécutées en
ivoire. Travail du xviie siècle.

Haut. de la cage qui renferme l'objet, 35 c.

128 — Pierre de Kehlheim. — Figure d'enfant nu, couché
et endormi. Ouvrage allemand du xvie siècle.

Long. 42 c.

129 — Marbre blanc. — Ronde-bosse. — Tête d'Impéra-
trice romaine. Travail du xvie siècle de style antique.

Haut. 20 c.

130 — Pierre de Kehlheim. — Belle sculpture en haut-
relief, représentant Suzanne et les Vieillards. Travail
du xvie siècle.

Haut. 43 c. Larg. 29 c.

131 — Ivoire. — Tableau central provenant d'un Triptyque et représentant la Vierge assise tenant son divin
Fils. xive siècle·

Haut. 13 c. Larg. 3 c.

132 — Ivoire. — Petite Trompe de chasse de forme droite, sculptée en bas-relief et représentant des sujets de chasse.

Long. 24 c.

133 — Ivoire teint en rouge. — Bas-relief de forme octogone, représentant le Christ mort entouré des saintes femmes et surmonté d'un petit fronton découpé à jour. Époque Louis XIII.

Haut. 13 c. Larg. 10 c.

134 — Bois. — Sculpture en haut-relief de forme cintrée, représentant le Calvaire; composition de seize figures. Encadrement à rinceaux découpés à jour. Époque Louis XIII.

Haut. 20 c. Larg. 11 c.

135 — Bois. — Bas-relief représentant la Vierge vue à mi-corps, tenant son divin Fils assis sur un coussin; derrière le groupe principal deux Anges musiciens. Sculpture très-fine portant le monogramme P. P. XVIᵉ siècle.

Haut. 14 c. Larg. 11 c.

136 — Bois. — Bas-relief. — Suzanne au bain et les Vieillards. Monogramme C. K. et date de 1658.

Haut. 12 c. Larg. 10 c.

137 — Bois. — Haut-relief. — Saint Jérôme en prière. Cette sculpture a conservé des traces de dorure. XVIᵉ siècle.

Haut. 14 c. Larg. 11 c.

138 — Bois. — Haut-relief. — Saint Sébastien, martyr. XVIIᵉ siècle.

Haut. 18 c. Larg. 12 c.

139 — Bois. — Statuette d'Adolescent debout portant une hache et vêtu du costume du xvie siècle, rehaussé d'or et de couleurs.

Haut. 15 c.

140 — Ivoire. — Petit Buste de femme. Beau travail du temps de Louis XIV.

Haut. 8 c.

141 — Terre cuite. — Bas-relief. — Enfant nu à demi couché, dans le style de François Flamand. Cadre Louis XVI en bois sculpté et doré.

Haut. 14 c. Larg. 16 c.

142 — Bois. —Triptyque orné de sculptures en bas-relief, découpées à jour, représentant quantité de scènes tirées de la Vie du Christ. Monture en argent. Travail gréco-russe.

143 — Os. — Coffret vénitien en marqueterie d'ivoire et bois, orné de bas-reliefs en os sculpté. xive siècle.

Haut. 17 c. Larg. 20 c.

144 — Os. — Triptyque de mêmes travail et époque. Les sculptures représentent l'Adoration de la Vierge.

Haut. 22 c.

145 — Buis. — Figurine de sainte Femme agenouillée. Travail très-fin du xvie siècle.

Haut. 15 c.

146 — Bois. — Figure de Christ, assis, les mains jointes. xviie siècle.

Haut. 15 c.

147 — Corne de cerf. — Gobelet dont le pourtour, sculpté en bas-relief, offre des figures et des animaux dans un paysage. Monture en argent doré.

Haut. 14 c.

148 — Ivoire. — La Vierge debout, tenant son divin Fils assis sur son bras gauche. Sculpture moderne, dans le style du xıv^e siècle.

Haut. 25 c.

149 — Ivoire. — Coffret oblong à couvercle en toit garni d'arêtes et d'une crête découpée à jour; il est enrichi dans toutes ses parties de figures de saints debout sculptées en bas-relief et appliquées sous des arceaux à plein cintre. Travail moderne dans le style vénitien du xve siècle.

Haut. 18 c. Larg. 26 c.

150 — Ivoire. — Figurine de Diane, nue et debout. Ouvrage flamand du xvıı^e siècle.

Haut. 18 c.

151 — Bois. — Groupe de deux figures et animaux : Tobie et l'Ange. Sur socle en bois, sculpté et doré, du temps de Louis XIV.

Haut. 29 c. Larg. 18 c.

152 — Bois. — Petit coffret oblong supporté par quatre animaux fantastiques, et exécuté en un bois très-dur qui nous semble être du coco. Le couvercle, sculpté en bas-relief, représente Jésus enfant bénissant; près de lui se trouvent les figures du Père Éternel, de la Vierge, etc. Sur les deux grands côtés, des animaux sont placés dans des médaillons ronds, et les extrémités latérales offrent un buste de personnage couronné, ainsi que des animaux héraldiques et des inscriptions latines. Ouvrage de style roman.

Haut. 5 c. Larg. 13 c.

153 — Ivoire. — Petit Cippe dont le pourtour présente en bas-relief diverses figures dont quelques-unes sont costumées à l'orientale. xvıı^e siècle.

Haut. 9 c.

154 — Buis. — Groupe. — La Vierge assise tenant son
divin Fils assis sur son genou gauche. XVIIᵉ siècle.

Haut. 25 c.

155 — Ivoire. — Figurine. — La Vierge debout, les mains
jointes ; à ses pieds deux têtes de chérubin.

Haut. 19 c.

156 — Bois et Ivoire. — Quatre Figures de saints personnages vus à mi-corps ; les faces et les mains sont en
ivoire, et les vêtements sont en bois sculpté. Époque
Louis XIV.

157 — Ivoire. — Figure de femme couchée à demi drapée. Travail dans le style du XIVᵉ siècle. Collection Le
Carpentier.

Long. 31 c.

158 — Bois. — Très-grande Croix sur socle élevé, entièrement composée de sujets tirés de la Passion, de
figurines d'anges et de saints personnages ; le tou-
sculpté et découpé à jour. Travail vénitien très-
curieux du XVIᵉ siècle.

Haut. 65 c.

159 — Ardoise. — Médaillon rond représentant en bas-
relief le sujet de l'Incendie de Sodome. Il porte l'in-
scription suivante : Sotom v Gomore 1571, et le monogramme H. P. Collection Le Carpentier.

Diam. 19 c.

160 — Ivoire. — Petit Bas-Relief très-finement sculpté
représentant Diane et Endymion. Cadre carré en bois
noir. Collection Le Carpentier.

Larg. 8 c.

161 — Ivoire. — Bas-Relief ovale et à contours représentant un sujet de chasse au renard. Époque Louis XIII. Cadre en bois noir. Collection Le Carpentier.

Larg. 18 c.

162 — Ivoire. — Cippe offrant en bas-relief la figure de Diane au repos accompagnée de ses chiens.

Haut. 11 c.

Manuscrits.

163 — Manuscrit in-8° du xv° siècle, sur vélin. Livre d'heures, contenant seize grandes miniatures, précédé du calendrier et enrichi de bordures ornées, rehaussées d'or, et suivi de prières en vieux français.
Reliure en veau, fers dorés.

164 — Manuscrit in-8° du xv° siècle sur vélin. Heures latines précédées du calendrier, enrichies de treize grandes miniatures, lettres ornées et bordures enluminées. L'une des miniatures porte l'écusson de France supporté par deux anges.

165 — Manuscrit in-8° de la fin du xiv° siècle. Les Évangiles précédés du calendrier et enrichis de trente-cinq grandes et d'un très-grand nombre de petites miniatures. L'une d'elles porte le blason de France. Reliure moderne. Collection Jacquinot Godard.

166 — Manuscrit in-8° du commencement du xv° siècle. Livre d'heures enrichi de onze belles miniatures et de lettres ornées. Reliure de l'époque.

167 — Manuscrit in-8° du xv⁰ siècle, sur vélin. — Heures latines enrichies de dix-sept miniatures et de bordures enluminées sur fond d'or. Reliure en veau, fers dorés et portant un monogramme.

168 — Manuscrit incomplet du xv⁰ siècle, enrichi de six très-belles miniatures et de bordures fleurdelisées.

169 — Manuscrit arabe sur feuilles de palmier, composé d'un grand nombre de feuilles.

170 — Autre manuscrit arabe écrit aussi sur feuilles de palmier.

Armes et Objets variés.

171 — Petite Plaque de forme carré-long, en fer repoussé et damasquiné d'or. Elle représente le sujet de l'Enlèvement d'Europe. Ouvrage italien du xvi⁰ siècle.

172 — Couteau de chasse à poignée en bronze doré composée d'un combat d'animaux.

173 — Pistolet à rouet dont la monture entièrement en fer se compose d'ornements en fer repoussé et découpé à jour de style renaissance. L'extrémité supérieure de l'arme se termine par une masse d'armes.

174 — Quatre Plaques en cuivre rouge repoussé et doré de forme cintrée. Saints personnages assis, et Tobie et l'ange. Les chairs ont été peintes à l'huile. Ouvrage du xv⁰ siècle.

Haut. 23 c. Larg. 16 c.

175 — Quatre Plaques de forme carré long de même travail. Elles offrent des sujets tirés de la vie de saints personnages, et proviennent de la même suite que les plaques qui précèdent.

Haut. 23 c. Larg. 32 et 26 c.

176 — Bâton de mosquée en fer damasquiné en or, et portant des inscriptions arabes, Travail très-ancien.

177 — Écritoire formée d'un coffret en bois d'ébène à moulures enrichies d'incrustations d'ivoire gravé. Travail italien du xvie siècle.

Haut. 15 c. Larg. 20 c.

178 — Navette à encens en cuivre émaillé de Venise, fond bleu et vert alterné, et décor d'or. xvie siècle.

179 — Grand Plat rond et creux en cuivre jaune repoussé. Il offre au fond une frise composée de figures allégoriques ainsi que les armoiries de Saxe. Le bord est enrichi d'appliques décorées de figures mythologiques. xviie siècle.

Diam. 50 c.

180 — Cinq plaques en cuivre émaillé à figures blanches sur fond bleu turquoise. Travail italien du xviie siècle.

181 — Étui de croix de l'ordre du Saint-Esprit, en bois d'ébène garni en argent et portant le chiffre L. G.

Le Couvercle est enrichi d'une miniature représentant un personnage agenouillé prêtant serment en présence du roi Henri III et de la cour.

182 — Fermoir d'escarcelle en fer incrusté d'argent, à rinceaux et chiffre. Travail de la fin du xvie siècle.

183 — Couteau persan à poignée en argent ciselé et lame en damas.

184 — Couteau persan analogue à celui qui précède.

185 — Gaîne en peau de requin contenant un couteau et une fourchette à manches formés de figurines de femmes en argent. xviie siècle.

Verrerie et Vitraux.

186 — Petit Verre à boire en verre de Venise filigrané d'émail blanc.

Haut. 11 c.

187 — Deux Gobelets à côtes et un Baril en verre opalin de Venise.

188 — Gobelet et Soucoupe creuse en verre agate aventu- turiné de Venise. Belle qualité.

189 — Gobelet en verre filigrané d'émail blanc.

190 — Verre de Venise dont le pied élevé est garni d'ai- lerons rehaussés d'émail bleu. xvie siècle.

Haut. 20 c.

191 — Verre de Venise sur pied à balustre filigrané d'émail blanc. xvie siècle.

Haut. 17 c.

192 — Aiguière modèle gourde en verre de Venise inco- lore et filets d'émail bleu.

Haut. 28 c.

193 — Grande Coupe ronde montée sur piédouche en
verre de Venise incolore, décorée d'imbrications à
points d'émail de couleur et or.

Haut. 17 c. Diam. 26 c.

194 — Verre allemand finement gravé à figures et fleurs.
L'un des médaillons représente Daphné changée en
laurier.

195 — Vitrail ovale représentant un sujet de Chasse au
lièvre. Travail allemand du xviie siècle.

Larg. 28 c.

196 — Vidrecome allemand de forme cylindrique en
verre incolore portant deux écussons armoriés émaillés en couleurs ainsi que la date de 1638.

Haut. 33 c.

197 — Médaillon ovale peint sur verre représentant le
Triomphe de Trajan. Cadre applique en cuivre gravé
et doré.

Haut. totale 25 c. Larg. 20 c.

198 — Joli Vitrail suisse carré décoré de deux figures
d'hommes debout et des armes de la ville de Winter-
thur. Date de 1625.

Haut. 47 c. Larg. 37 c.

199 — Autre joli Vitrail portant la date de 1568, et représentant un écusson armorié ainsi qu'une figure de
femme debout.

Haut. 32 c. Larg. 21 c.

200 — Vitrail portant la date de 1589, et représentant une figure de guerrier et une figure de femme debout.

Haut. 38 c. Larg. 21 c.

201 — Deux Vitraux, dont un ovale peint en camaïeu, et l'autre carré peint en couleurs.

Renou et Maulde, imprimeurs de la Compagnie des Commissaires-Priseurs, rue de Rivoli, 144, 9078

COLLECTION de feu M. BERTHON

AVIS

Un grand nombre de Gravures ayant été retrouvées après la confection du Catalogue, la vacation qui devait avoir lieu le Samedi 21 Décembre, à sept heures du soir, est renvoyée à un des premiers jours du mois de Janvier. Cette vacation comprendra le restant des Tableaux, des Gravures et Dessins qui seront catalogués de nouveau.

Mᵉ CHARLES PILLET	**M. FEBVRE**
COMMISSAIRE-PRISEUR	EXPERT

Paris. — Imprimerie de Pillet fils aîné, rue des Grands-Augustins. 5.